Diogenes Kunst Taschenbuch 27

de
te
be

Für Jörg
von Eva

8/81

WINTERNACHT

Paul Flora

Der blasse Busenfreund

83 vom Monde beschienene Szenen

Mit einem Vorwort

von Arthur Schopenhauer

Diogenes

Die Erstausgabe erschien 1979
im Diogenes Verlag

Veröffentlicht als Diogenes Kunst Taschenbuch, 1981

40/81/10/1
ISBN 3 257 26027 X

Warum wirkt der Anblick des Vollmondes so wohlthätig, beruhigend und erhebend? Weil der Mond ein Gegenstand der Anschauung, aber nie des Wollens ist:

»Die Sterne, die begehrt man nicht,
Man freut sich ihrer Pracht.« –
G[oethe, ›Trost in Tränen‹, Str. 7.]

Ferner ist er erhaben, d. h. stimmt uns erhaben, weil er, ohne alle Beziehung auf uns, dem irdischen Treiben ewig fremd, dahinzieht, und Alles sieht, aber an nichts Antheil nimmt. Bei seinem Anblick schwindet daher der Wille, mit seiner steten Noth, aus dem Bewußtseyn, und läßt es als ein rein erkennendes zurück. Vielleicht mischt sich auch noch ein Gefühl bei, daß wir diesen Anblick mit Millionen theilen, deren individuelle Verschiedenheit darin erlischt, so daß sie in diesem Anschauen Eines sind; welches ebenfalls den Eindruck des Erhabenen erhöht. Dieser wird endlich auch dadurch befördert, daß der Mond leuchtet, ohne zu wärmen; worin gewiß der Grund liegt, daß man ihn keusch genannt und mit der Diana identificirt hat. – In Folge dieses ganzen wohlthätigen Eindruckes auf unser Gemüth wird der Mond allmälig der Freund unsers Busens, was hingegen die Sonne nie wird, welcher, wie einem überschwänglichen Wohlthäter, wir gar nicht ins Gesicht zu sehn vermögen.

Aus: Arthur Schopenhauer, ›Die Welt als Wille und Vorstellung II‹, § 30, Zürcher Ausgabe, detebe 140/4, Seite 444

Inhalt

LUNA

ZWEI MASKIERTE FIGUREN

VOR DEM MORGEN

DIE VERSCHWÖRUNG ZWEIER CARBONARI ZU VENEDIG

RINALDO RINALDINI

ZWEI MASKIERTE FIGUREN

MITTERNACHT

RATTENFÄNGER

DENKER, EINE SPHINX BETRACHTEND

KÜRBISKOPF

MANN, AUS DEM MONDE BLICKEND

KENTAURENPAAR, DEN MOND BETRACHTEND

VOLLMOND

NÄCHTLICHER EULENBAUM

UNFALL

NÄCHTLICHE HOCHRADPARTIE

RABENVATER IM MONDSCHEIN

RABENELTERN

DIE VERFOLGER

MONDE, DEN MOND BETRACHTEND

MONDGESICHTER, MELANCHOLISCH

ZWEI EPIGONEN, EINE WETTERFAHNE UMFLATTERND

TRISTESSE

NACHTMANN

SCHLEMIHL MIT BEGLEITERN

HEXE, NÄCHTLICH

DREI IRRLICHTTRÄGER

IRRLICHTTRÄGER

BALLADE

NÄCHTLICHER BOTE

DER KRANKE

HEXENMEISTER MIT ZWEI HEXEN

TEUFLISCHE SZENE

TEUFEL, EINE HEXE KARESSIEREND

SPHINX UND FAUN

LONELY LADY

BEGINN EINER ORGIE

HEXENBUKETT

BLICK DURCH EINEN TUNNEL.

ALTES RABENPAAR

E. ALLAN POE

VAMPYR, EINE FAUNIN VERFOLGEND

DAS AUFTAUCHEN DES HÖLLENFÜRSTEN

MONDNACHT MIT MÄDCHEN UND MÖNCH

KENTAURIN UND TEUFEL

BEGRÄBNIS EINES MÖNCHS

FLEDERMÄUSE

BEJAHRTER KÜNSTLER, BEI VERSCHLEIERTEM VOLLMOND EINER SEINER WENIGEN IDEEN NACHTRAUERND

NACHTVOGEL

TRUNKENER VAMPYR VON WEISSEN FLEDERMÄUSEN VERFOLGT

TRUNKENBOLDS' ENDE

GALGENVÖGEL

ÜBERSCHWEMMUNG

GEISTERSCHIFF

WAGNER BEI ZUNEHMENDEM MOND

LEDA MIT ZÖGERNDEM SCHWAN

FREUD, IN EINEM TRAUM LUSTWANDELND

TO HELL
TO HELL
TO HELL
TO HELL
TO HELL

OPTIMIST

ZAUBERER MIT SCHWEBENDER JUNGFRAU

NOSFERATU

DRACULAS VERSINKENDES SCHLOSS

NOSFERATU

DER GUTE KAISER FRANZ JOSEF ERMAHNT EINEN REUMÜTIGEN WILDSCHÜTZEN

SCHMUGGLER IM GEBIRGE

ALTÖSTERREICHISCHER SPION, ALS BAUM VERKLEIDET

NATURE MORTE

ÄNGSTLICHER KÖNIG

ZWEI GRENADIERE

TAPFERER ZINNSOLDAT

WOLGALIED

NAPOLEON AN DER SPHINX

UNERNSTER ATLAS, EINEN ZUNEHMENDEN MOND BALANCIEREND

ASTRONAUTEN, DIE HALBWELT BETRACHTEND

EINIGE VON DEN CHINESEN, IN DEN VOLLMOND BLICKEND

242 VON DEN CHINESEN

DON QUIXOTE

STANDHAFTER ZINNSOLDAT

DER LETZTE SCHREI ODER DIE ERHABENE GLEICHGÜLTIGKEIT DER NATUR

Paul Flora im Diogenes Verlag

Königsdramen
Mit einem Vorwort von Ernst Schröder. Erweitert und dreisprachig als kunst-detebe 8

Veduten und Figuren
Mit einem Vorwort von Friedrich Dürrenmatt

Die verwurzelten Tiroler und ihre bösen Feinde
Mit einer Zeittafel des Zeichners

Diogenes Portfolio 2 · Paul Flora
Mappe mit 12 Blättern im Format 46×60 cm

Der bürgerliche Wüstling

Hungerburger Elegien
Zeichnungen 1943–1975. Mit einem Vorwort des Künstlers

Penthouse

Der blasse Busenfreund
Mit einem Geleitwort von Arthur Schopenhauer

Als der Großvater auf die Großmutter schoß
Mit einem Vorwort des Künstlers. Ein großer Diogenes Sonderband

Die Männchen und die Fräuchen
Geschichte von Hilde Janzárik. Diogenes Kinder Klassiker

Trauerflora
Idyllen. Mit einem Geleitwort von Friedrich Dürrenmatt. detebe 52/1

Vivat Vamp!
Ein Fotobuch zum Lob des Vamps. Mit gezeichneten Kommentaren des Künstlers und einer Einführung von Gregor von Rezzori. detebe 52/2

Die Kunst der Karikatur Karikatur als Kunst im Diogenes Verlag

● **Bosc**
Alles, bloß das nicht
Ein Diogenes Sonderband

Love and Order
Zeichnungen über Krieg und Frieden. detebe 44

● **Wilhelm Busch**
Schöne Studienausgabe in 7 Einzelbänden: Gedichte – Max und Moritz – Die fromme Helene – Tobias Knopp – Hans Huckebein / Fipps der Affe / Plisch und Plum – Balduin Bählamm / Maler Klecksel – Prosa.
Herausgegeben von Friedrich Bohne. detebe 60/1–7

● **Chaval**
Zum Lachen
Gesammelte Cartoons I. detebe 80/1

Zum Heulen
Gesammelte Cartoons II. detebe 80/2

Hochbegabter Mann, befähigt, durch die bloße Erdumdrehung einen Eindruck von Geschwindigkeit zu empfinden
Gesammelte Cartoons III. detebe 80/3

● **Honoré Daumier**
Mesdames
Ausgewählt von Anton Friedrich. kunst-detebe 15

Messieurs
Ausgewählt von Anton Friedrich. kunst-detebe 16

● **Paul Flora**
Der blasse Busenfreund
82 vom Monde beschienene Szenen. Mit einem Vorwort von Arthur Schopenhauer. Diogenes Kunstbuch

Die verwurzelten Tiroler und ihre bösen Feinde
Mit einer Zeittafel des Zeichners. Diogenes Kunstbuch

Als der Großvater auf die Großmutter schoß
und 421 andere Zeichnungen. Mit einem Vorwort des Zeichners. Ein Diogenes Sonderband

Trauerflora
Idyllen. Mit einem Geleitwort von Friedrich Dürrenmatt. detebe 52/1

● **Edward Gorey**
Der zweifelhafte Gast
Ein Diogenes Sonderband

● **Francisco Goya**
Caprichos
Mit einem Vorwort von Urs Widmer. kunst-detebe 3

Desastres de la Guerra
Mit einem Vorwort von Konrad Farner. kunst-detebe 14

● **Grandville**
Eine andere Welt
Mit dem deutschen Text von Plinius dem Jüngsten und einer Kurzbiographie von Marianne Bernhard. kunst-detebe 2

● **Loriot**
Loriots Großer Ratgeber
500 Abbildungen und erläuternde Texte.

Loriots Heile Welt
Neue gesammelte Texte und Zeichnungen, dazu erstmals ›Loriots Telecabinet‹.

Loriots Wum und Wendelin
Worte und Taten von Deutschlands populärstem Hund und seinem lieben Freunde.

Drei Diogenes Sonderbände

● Ronald Searle
Weil noch das Lämpchen glüht
99 boshafte Zeichnungen, gerechtfertigt durch Friedrich Dürrenmatt. detebe 14

● Sempé
Alles wird komplizierter
Diogenes Kunstbuch

Carlino Caramel
Diogenes Kunstbuch

Kleine Abweichung
Diogenes Kunstbuch

Von den Höhen und Tiefen
Diogenes Kunstbuch

Monsieur Lambert oder Wie einem das Leben so mitspielt
Diogenes Kunstbuch

Der gesellschaftliche Aufstieg des Monsieur Lambert
Der Abenteuer des Monsieur Lambert zweite Folge. Diogenes Kunstbuch

Musiker
Solisten und Orchester aller Stile in allen Stilen. Die Bilanz einer lebenslangen Leidenschaft. Diogenes Kunstbuch

St.-Tropez
Diogenes Kunstbuch

Unsere schöne Welt
Ein Bilderbuch für fortschrittliche Leute. Mit einem Vorwort von François Bondy. Ein Diogenes Sonderband

Konsumgesellschaft
detebe 38

Volltreffer
detebe 84

Umso schlimmer
detebe 165

● Siné
Katzenjammer
Katzen-Cartoons. Eingedeutscht von Hans Weigel. detebe 94

● Roland Topor
Tragödien
Zeichnungen 1958–1968. Mit einem Vorwort des Künstlers. kunst-detebe 11

Toxicologie
Mit einem Vorwort von Arrabal und einem Nachwort von Jacques Prévert. kunst-detebe 21

● Tomi Ungerer
Babylon
The Book To End All Books. Diogenes Kunstbuch

Adam & Eva
Ein Diogenes Sonderband

politrics
Die politischen Zeichnungen, Plakate und Cartoons, gesammelt von Anton Friedrich. kunst-detebe 10

Fornicon
Mit einem Vorwort von Walther Killy. kunst-detebe 17

The Party
kunst-detebe 18

● Friedrich Karl Waechter
Wahrscheinlich guckt wieder kein Schwein
Die besten aus den ›100 besten von Professor Göttlich‹. Diogenes Kunstbuch

● **Reiner Zimnik**

Das große Reiner Zimnik Geschichtenbuch
Alle Bildergeschichten vom Anfang bis heute. Ein Diogenes Sonderband

Geschichten vom Lektro
Neu und schön gesetzt und gestaltet. In zwei Bänden. detebe 197/1–2

Sebastian Gsangl
detebe 197/3